I0660053

LETTRE,

ADRESSÉE AU ROI

ET AUX SOUVERAINS ALLIÉS,

SUR LES CIRCONSTANCES.

(*Nota.*) Cette lettre devait paraître dans le mois de septembre; mais une maladie très-grave étant survenue à l'auteur, il ne put en voir les épreuves : c'est la raison pour laquelle nous n'avons pas donné plutôt cet écrit.

LETTRE,

ADRESSÉE AU ROI
ET AUX SOUVERAINS ALLIÉS,

SUR LES CIRCONSTANCES,

SUR L'INTÉRÊT DES FRANÇAIS,

ET TENDANT Á NOUS AMENER
LE BONHEUR UNIVERSEL;

SUIVIE D'UNE ODE ET DE QUELQUES AUTRES VERS,
SUR LE RETOUR DE LOUIS-LE-DESIRÉ,
ET DE MADAME, DUCHESSE D'ANGOULÊME.

PAR JEAN-JUSTIN-ARISTIPPE DEMONVEL,
Auteur d'un Poëme sur Louis XVI.

Qui nihil agit, mihi non esse videtur. CIC.

La grande société, la société humaine en
général, est fondée sur l'humanité, sur la bien-
veillance universelle. Je dis, et j'ai toujours
dit que le christianisme est favorable à celle-là.

J.-J. ROUSSEAU, *Lettre à M. Usteri.*

PARIS,

Chez l'Éditeur, rue d'Enfer, n° 45;
CHAIGNIEAU jeune, Libraire, rue Saint-André-
des-Arcs, n° 42.

1815.

PRÉFACE.

JE ne devais rien faire de plus
sur les choses du jour : mais l'a-
mour de la patrie a plus de force
que mes volontés ; je sens le besoin d'écrire.

Que je serai heureux si les
réflexions suivantes peuvent être
de quelque utilité, peuvent con-
tenter ceux qui respectent l'honneur et chérissent leur pays ! Je
ne crois pas que l'on puisse soup-
çonner mes sentimens ; personne
ne l'a dû : si quelqu'un l'a fait,
il s'est véritablement trompé.

L'amour que je te porte, ô

ma patrie! cet amour qui naît avec les belles ames, qui leur fait braver pour toi les plus grands périls et les met au-dessus des injures les plus atroces; voilà les raisons qui me porteront toujours à m'occuper de politique. Je sens du reste la faiblesse de ce que je donne aujourd'hui; aussi ne considéré-je que le degré d'utilité qu'il peut avoir (1). Puisse la lettre ci-après remplir les vues dans

─────────────────────

(1) Effectivement, un homme pour qui le bien de son pays, le bonheur et la tranquillité de son roi sont d'abord ce qui le touche de plus près, cet homme doit tout sacrifier au

lesquelles je l'écris! puisse-t-elle appaiser les mécontens, et faire que les ames encore incertaines ne balancent pas du tout à se rendre à la juste cause!

Pour moi, toujours le même, je ne craindrai jamais de le dire: les intérêts de l'humanité, la félicité des hommes, voilà quels sont mes souhaits, voilà les seuls motifs qui m'attachent véritablement à la vie.

Les indifférens pourront blâmer mon zèle, voir mes efforts

---

desir de leur être utile ; sa réputation même n'est rien en raison du grand intérêt qu'il prend à l'un et à l'autre.

sans plaisir ; mais que m'importe leur admiration, tant que j'aurai pour moi la voix de quelques célèbres anciens ? Aussi je m'écrierai avec l'orateur romain : *Qui nihil agit, mihi non esse videtur.* Cic.

Puisse encore un autre Helvétius ne pas, après mon siècle, trouver à faire l'application des vers suivans :

J'ai vu l'homme encenser et couronner le vice ;
J'ai vu le vrai talent, courbé sous l'injustice,
Au rôle de flatteur s'abaisser sans effort ;
Le vertueux forcé de ramper sous le fort ;
Un *être* ambitieux se disputant la terre,
Dans le champ des combats se lancer le tonnerre.

. . . .

. . . .

HELV. *poëme sur le Bonh.*, ch. IV.

QUELQUES MOTS A MON AMI J....

POUR SERVIR D'INTRODUCTION

A LA LETTRE CI-APRÈS.

C'EN est donc fait; il faut que je t'écrive! oui, cher Jules. Que l'amour de la patrie est une cruelle et douce chose! Je ne puis la voir tourmentée, irrésolue et me trouver tranquille. Tu me reproches de ne pas t'écrire, de n'être pas fixe dans mes résolutions: hélas! mon bon ami, dans un moment semblable à celui-ci, quel est le cœur sensible, l'ami de sa patrie et des hommes, qui puisse jouir en repos, et ne pas s'affliger de voir prospérer si peu les vertus d'un monarque vraiment sage, vraiment grand, et dans qui se trouvent les plus belles qualités de ses ancêtres?...

Semblable à la timide colombe qu'a long-temps poursuivie le cruel oiseau de proie, ainsi qu'elle la France a besoin d'un protecteur qui puisse la mettre à l'abri de toutes injures, et qui puisse assurer sa tranquillité. Elle a besoin d'un Titus, d'un Marc-Aurèle. Elle a trop appris, par une admiration qui peut-être en soi n'est pas blâmable, à se défier de ces mots de *héros*, de *conquérant*.

Des vertus guerrières ne doivent pas sans doute être vues de sang-froid; mais qu'il est bien difficile de les juger! Des capitaines comme Aristide et Thémistocle, les Scipions et Paul-Émile, Mucius et Lucullus, sont des hommes à mériter notre estime, notre respect et peut-être notre vénération. Pouvons-nous dire ainsi de ce conquérant de l'Asie et de ceux qui furent ses imitateurs? César, moins ambitieux, eût sans doute paru plus sage, et n'aurait pas fait admirer l'héroïsme de Brutus.

Nous avons pour roi le véritable

héritier de la couronne de France :
Louis-*le-Desiré*, comme tu sais, est
petit-fils de Louis IX, de Henri IV et
de Louis XIV ; le sang dont il prit
naissance remontait jusqu'aux rois de
la première race.

Ces raisons sont encore peu pour
moi ; elles sont loin de valoir celles
qui, par ses vertus, le mettent à côté
de Louis XVI. Ce monarque auquel
nous le voyons succéder par la pro-
tection visible de la divine providence ; ce monarque fut notre vrai
Socrate. Il suffit, pour ne pas en douter, d'une étude un peu suivie de tous
les historiens du temps et pour et
contre. Honneur au pays qui peut
s'honorer d'avoir produit un tel
homme ! sur-tout d'avoir trouvé cet
homme dans un fils de ses rois !... Eh
bien ! Louis Dix-Huit ne s'approche-t-
il pas de son auguste frère par sa sagesse ? Je devrais peut-être ajouter
qu'il reçut du ciel quelque chose de

plus ; c'est au-delà de ce qu'il faut
pour le rendre capable de gouverner
un état quelconque.

France, si je ne me trompe point,
quelle ne doit pas être ta joie ! quel ne
doit pas être ton bonheur !... Cependant beaucoup de tes enfans sont les
mêmes : leur confiance est encore
faible, des mécontens sembleraient
jaloux du repos public. Avides à sai-
sir des occasions qui ne sont point des
prétextes aux yeux des hommes sen-
sés, ils se hâtent de faire naître des
troubles, fournissent des armes à l'envie et sèment le poison de la discorde.

Ainsi de nouveaux malheurs devraient-ils être le sort où ma patrie
serait encore appelée ! Faudrait-il
qu'un juste monarque n'eût pas cessé
d'avoir le cœur atteint de nouvelles
blessures ! C'est cependant des Français qu'il faut parler ainsi... de la
France, le pays le plus policé, la
contrée la plus florissante... Que cer-

tains hommes sont légers! qu'ils con-
naissent peu la véritable félicité!

Aveugles inexcusables! ennemis de
votre pays, de vos femmes, de vos
enfans; vous n'êtes pas contens!...
Les vertus du roi, l'étendue de ses
connaissances, son génie, rien ne
vous porte à l'amour de l'ordre, de
la paix et de la tranquillité. Si le bien
de la France vous est indifférent, du
moins n'en augmentez pas les maux
par une funeste obstination. Pensez,
raisonnez : et sans doute vous trouverez en vous les causes de vos erreurs,
et combien il est mauvais de ne pas
mettre fin aux désordres qu'elles en-
traînent.

Cet état de ma patrie, cher Jules,
d'un pays que j'aime, dont je voudrais
maintenir l'honneur; voilà sans doute
les motifs qui sont le sujet des reproches que tu me fais. Ils auraient
moins de force sur moi si je pouvais
être indifférent au bonheur des hom-

mes. Ne sois donc pas étonné de l'anéantissement où je te parais ; de mon dégoût pour les choses commencées ; du peu d'application que je porte aux études qui, naguère, avaient tant de charmes pour moi.

Tu viens de voir un exposé des raisons qui m'animent. Je te les développerai successivement par les réflexions dont je te ferai part : je suis trop certain de ton amour de la patrie, pour douter un instant de l'intérêt qu'elles peuvent t'inspirer.

LETTRE,

ADRESSÉE AU ROI

ET AUX SOUVERAINS ALLIÉS,

SUR LES CIRCONSTANCES.

~~~~~~~~~~~~~~~~~~~~~~~~~~~~~~~~~~~~~

> Compagne des vertus, sublime Vérité!
> Qu'instruit par tes leçons, guidé par ta clarté,
> L'homme apprenne de toi que c'est le plaisir même,
> L'ame de l'univers, le don d'un Dieu suprême,
> Qui lui fera trouver, loin des mortels jaloux,
> Son bonheur personnel dans le bonheur de tous.
>   O sainte Vérité! c'est dans ton temple auguste,
> Que l'homme doit puiser les notions du juste.
> Aveuglé par l'erreur, trop long-temps on l'a vu
> S'égarer dans le crime en cherchant la vertu.
> Il est temps que ta main dessille sa paupière.
> Montre-lui qu'ici-bas ton utile lumière
> Peut seule ramener la paix et le bonheur;
> Que le vice est enfin étranger à son cœur.
>
>   Helv., *poëme sur le Bonh., ch. IV.*

IL faut bien revenir sur des idées qu'on a peut-être mises en évidence, puisque nous ne pouvons être sages, et dissiper entièrement la discorde qui fomente encore parmi nous!...

Que la malveillance, cher Jules, est une terrible chose! Sœur de la discorde, l'une et l'autre se tiennent par la main, et semblent répandre ensemble leurs poisons. Ce sont elles qui nous aveuglent; ce sont elles qui nous égarent et jettent notre esprit comme dans un tourbillon.

Ceux qui peuvent cependant avoir les yeux dessillés, ceux qu'une étude approfondie des choses a mis à l'abri de la séduction de leurs attraits; ceux-là ne doivent-ils pas à l'amour de la patrie, à l'amour du roi, à l'amour des hommes; ne doivent-ils pas arrêter les funestes suites de leurs progrès? déclamer avec force contre elles, les anéantir?

Ah! bon ami, j'avoue que c'est une peine pour les cœurs sensibles. Les ames belles desireraient que tout prospérât, non pas sans rien faire en faveur de la patrie ; mais elles voudraient que pour des choses évidentes, dont la vérité est aussi sensible à l'esprit que les rayons du soleil le sont au milieu du jour : elles voudraient que les réflexions de quelques uns pussent au moins suppléer au défaut de clarté dans quelques autres.

Que veulent cependant ces esprits toujours flottant dans leurs décisions? Ne sont-ils pas fatigués de combats? Voudraient-ils encore voir la France en proie aux horreurs d'une guerre dont elle n'aurait pu se promettre la fin?

Pour penser tranquillement et sans frémir à de telles choses, il faudrait être plus que barbare. Aurait-on sitôt oublié les effets qui résultent d'un état toujours en guerre? Babylone, Carthage et Numance, ne durent-elles pas leur perte et leur destruction à ses funestes suites? Que d'autres villes encore, que d'autres états ne peut-on pas leur comparer! — Les Romains furent presque toujours en guerre : cependant ils se maintinrent long-temps. — Sans doute ; mais aussi leur prospérité doit-elle être enviée ? Les enfans de Rome, de cette reine du monde, étaient-ils en repos ? jouis-saient-ils véritablement ?

On me citera vainement le beau *Qu'il mourût,* du vieil Horace, comme l'expression des sentimens romains. Jamais le vrai père ne put être tran-quille sur le sort d'un fils que les com-bats pouvaient d'un moment à l'autre lui ravir : jamais la chaste épouse, fidèle au lit conjugal, ne put voir avec joie que sa moitié fût obligée de s'é-loigner d'elle, de ses enfans et de sa maison : jamais les sages ; Caton, Socrate, Platon, etc.; Paul-Émile même, et cet autre héros qui se dé-voua tout entier à l'amour de sa patrie, et fut périr si glorieusement entre les mains de ceux qu'il savait être ses plus grands ennemis (1), ne virent la guerre avec des yeux d'approbation. Leurs cœurs gémissaient en secret sur les suites de ses maux.

Quelles horreurs en effet ne traîne-t-elle pas après elle! quels désastres!... Comment peut-on être témoin d'une ville assiégée sans frémir, sans pleurer, sans en avoir les cheveux dressés d'indignation et de pitié?... O ciel! quoi de plus barbare, de plus dénaturé, qu'un homme acharné contre son semblable, se détruire mutuellement! Qui peut sans affliction supporter la pensée de tant de familles désolées; d'un fils, tombant sur le corps d'un père ou d'un frère expirant; d'une mère, obligée de fuir, en quittant un enfant au berceau, ou souvent de se précipiter avec lui dans les flammes!

_____

(1) Les Carthaginois : on s'aperçoit sans doute facilement que c'est de Régulus que nous parlons.

Ce n'est pas le desir de la guerre; me dira-t-on peut-être, qui fait les malveillans; on est revenu de ses avantages; tout le monde connaît ses tristes effets... Qu'est-ce donc? quel est le motif de leur murmure? que plaignent-ils? — Ne voulant que la gloire de la nation française, ils auraient trouvé beau son agrandissement, ils auraient peut-être vu sous peu de temps que la France, *présentement si opprimée*, aurait été la maîtresse des autres nations; et peut-être... — Fatale erreur!... triste raison!... Homme, te berceras-tu toujours dans des songes chimériques? Écoute avec moi la voix de la persuasion. La plume qui me fournira les paroles suivantes ne fut pas sans erreurs; mais quelquefois aussi, écrit-elle des choses pleines de sens et de mérite.

« Comment ne pas sentir qu'il n'y a point de potentat en Europe assez supérieur aux autres pour pouvoir

jamais en devenir le maître? Tous
les conquérans qui ont fait des révolutions se présentaient toujours avec
des forces inattendues, ou avec des
troupes étrangères différemment
aguerries, à des peuples ou désarmés,
ou divisés, ou sans discipline. Mais
où prendrait un prince européen des
forces inattendues, pour accabler tous
les autres, tandis que le plus puissant
d'entre eux est une si petite partie du
tout, et qu'ils ont de concert une si
grande vigilance? Aura-t-il plus de
troupes qu'eux tous? Il ne le peut, ou
n'en sera que plutôt ruiné, ou ses
troupes seront plus mauvaises, en
raison du plus grand nombre. En
aura-t-il de mieux aguerries? Il en
aura moins à proportion. D'ailleurs
la discipline est à-peu-près la même,
ou le deviendra dans peu. Aura-t-il
plus d'argent? Les sources en sont
communes, et jamais l'argent ne fit
de grandes conquêtes. Fera-t-il une

invasion subite? La famine ou des places fortes l'arrêteront à chaque pas. Voudra-t-il s'agrandir pied à pied? Il donne aux ennemis le moyen de s'unir pour résister; le temps, l'argent et les hommes ne tarderont pas à lui manquer. Divisera-t-il les autres puissances pour les vaincre l'une par l'autre? Les maximes de l'Europe rendent cette politique vaine; et le prince le plus borné ne donnerait pas dans ce piége. Enfin, aucun d'eux ne pouvant avoir des ressources exclusives, la résistance est, à la longue égale à l'effort; et le temps rétablit bientôt les brusques accidens de la fortune, sinon pour chaque prince en particulier, au moins pour la constitution générale » (2).

D'après cela les mécontens, cher Jules, pourraient-ils croire qu'il serait

_____

(2) Jean-Jacques Rousseau, Projet de paix perpétuelle. Pages 19 et 20 , édition Cazin.

plus glorieux à la France d'avoir pour chef l'ex-empereur? Ils se trompent: ils doivent du reste rejeter cette idée, puisque Buonaparte nous mettait toujours en état de guerre et ne pouvait plus nous assurer le repos.

La France ne reviendra jamais à son premier état, à ses anciens beaux jours, sans une longue paix. Les hommes qu'elle a perdus ne pouvant se racheter, elle a besoin de repos. Elle a besoin d'un gouvernement paternel, d'un prince qui soit l'ami et l'allié des monarques des autres nations.

Quel homme plus propre que Louis XVIII la divine providence pouvait-elle nous donner pour cela? Que peut-on desirer de juste, pour l'état présent de la France, qui ne soit vraiment en lui? Réfléchissons sur les sublimes vertus du roi. Comme elles sont belles! il ne faut que les examiner avec attention, pour juger de

tout le mérite de celui qui les pos-
sède.

L'austérité de ses vertus offense-
rait-elle? remplirait-il avec trop de
zèle les devoirs du sage? Rappelez-
vous ce mot d'un célèbre empereur
romain : « Un empire sera véritablement heureux lorsqu'il aura pour souverain un philosophe » (3). En effet,
si l'on prend ce mot dans son accep-
tion primitive, quel est l'homme plus
capable de rendre un peuple véritablement heureux, si ce n'est pas celui
qui mérite de porter ce nom sans flat-
terie? Mettez en balance le cœur paternel du roi, ses intentions pures et
droites de ne vouloir que le bien et la
tranquillité de ses peuples, et vous
trouverez en lui, non-seulement les

---

(3) On sait combien les Romains furent heureux sous
Marc-Aurèle. S'il ne dit pas ces paroles, il confirma du
moins, comme le dit fort bien Condillac, cette maxime
de Platon : *Les peuples seront heureux quand les philosophes seront rois, ou quand les rois seront philosophes.*

vertus des Platon, des Thalès, des
Solon; mais même celles des Socrate,
des Caton; sages entre les sages, à qui
sans peine l'antiquité sacrifiait, en
offrant de l'encens à leurs statues.

Oui, il suffit de voir Louis-*le-Desiré*
une seule fois, pour juger de sa
belle ame, pour juger qu'il est
vraiment le prince convenable à la
situation présente de la France. Sur
la sérénité de son auguste front, dans
la mobilité de ses traits, se peint toute
la bonté de son cœur. Rempli des plus
belles qualités de ses pères, il nous en
retrace les vertus. On a donc à re-
mercier le ciel de nous avoir envoyé
un bon roi: se plaindre, c'est insulter
à la divine providence.

Quelles justes raisons de mécontentement aurait-on encore ? Pour-
rait-on . . . . . ? Non, nous convenons
de son mérite : il s'est bien conduit.
Mais les princes ? Qu'avez-vous à
leur imputer ! N'ont-ils pas montré

de solides vertus, du vrai courage?
Il n'ont pas su .... on s'en est plein ....
A moins d'être des anges ou des êtres
qui soient émanés de la divinité,
quels sont les sages même qui pourraient ne pas se faire de malveillans? Le plus accompli des mortels,
l'homme le plus favorisé de la nature, a toujours eu des ennemis, ou
du moins n'a jamais pu s'attirer une
égale admiration.

D'où viennent ces contrariétés, ce
peu d'accord sur la manière de voir
qu'ont les hommes? Pourquoi lorsqu'une assez grande quantité de têtes
vraiment instruites, d'ames impar-
tiales, accordent à l'unanimité la
voix de la faveur à tel ou tel per-
sonnage; pourquoi, dis-je, les autres
ne se rendent-elles pas? Pourquoi!
comment l'ignorer? Nous sommes
corrompus : voici le motif de nos
différences de voir. Par-tout où la
véritable sagesse ne règne pas, où

l'esprit d'union, de compatibilité ne
peuvent lier les hommes, comment
ne verraient-ils pas différemment,
et seraient-ils d'accord sur des points
de cette importance ?

Vous voulez nous faire admirer
les princes. Ont-ils fait quelques ac-
tions d'éclat ? Ils ont fui devant la
poignée de braves que leur opposait
celui qu'ils disaient être l'usurpateur.

Qu'il est triste, cher Jules, d'avoir
à réfuter de semblables allégations.
C'est pourtant ce qu'on a souvent
entendu dire. Insensés, m'écrierais-
je encore, avant que de parler ainsi
réfléchissez au moins. Que peuvent
faire des hommes trahis, abandonnés,
à qui on a l'audace de jurer fidélité,
et bientôt de les quitter lâchement?
Faut-il qu'ils aillent eux seuls, pour
montrer du courage, se présenter
au-devant de leurs ennemis, au-devant de ceux qui les jouent ?

Preuves de notre légèreté ! incon-

séquence de notre peu de raisonne-
ment dans les choses sérieuses ! Voici
ce qu'auraient voulu leurs ennemis.
Mais, non, ils ne devaient pas agir
ainsi ; leur valeur plus confiante devait montrer plus de sagesse, et c'est
ce qu'ils nous ont fait voir. Loin de
nous plaindre de leur peu de courage
en ces occasions, admirons donc plutôt le véritable héroïsme de la prudence et de la vertu.

Quels furent les généraux les plus
estimés chez les anciens ? était-ce un
guerrier audacieux, plus téméraire
dans les combats que sage et prudent
dans les conseils ? Quels sont les véritables capitaines qu'on admire le
plus dans l'antiquité ? N'est-ce pas
ceux qui joignirent la valeur à la prudence, ceux qui surent avec le moins
d'hommes se maintenir, résister le
plus de temps, et, tout en sachant
épargner le sang de leurs soldats,
remporter ou gagner des batailles ?

Ces raisons seules nous donnent plus de respects pour les Annibal, les Scipion-Africain que pour les autres généraux. Ce sont elles qui nous les font distinguer, non-seulement des guerriers vulgaires, mais même de ces héros qui doivent avoir quelques parts à notre admiration : Alcibiade, Phocion, Dion, Parménion, Romulus, Coriolan, Marcellus, etc.

La conduite du roi, dans son dernier moment d'épreuve, n'était-elle pas admirable ? Il ne dépendait que de lui de se voir défendre. Des hommes véritablement déterminés étaient prêts à lui sacrifier et leur sang et leur vie.

Il est donc bien absurde, bien déplacé, de traiter de crainte la prudence et la bonté qui lui fit quitter si sagement la capitale. Il partit ; mais il s'en alla sans crainte, de même qn'il est revenu, dans la plus intime confiance. Plein d'espérance dans les épreuves et la miséricorde de l'Être éternel, il prédit lui-même ce qui nous arriverait : il nous dit qu'il reviendrait; car il ne dépendait que de lui d'attirer, dans son empire, autant d'étrangers qu'il le voudrait. Les évènemens ont justifié qu'il ne parlait point sans certitude : bien différent en cela de celui qui promet impudemment des choses qu'il n'est pas assuré de pouvoir tenir.

Je vous prends ici, me dira-t-on peut-être, vous qui chérissez tant votre patrie, qui respectez tant sa gloire, qui desirez de la voir si florissante, comment pouvez-vous approuver que des milliers d'étrangers viennent la *ravager*, que des troupes nombreuses se nourrissent de ses productions, s'emparent de ses denrées, et, vivant ainsi dans son sein, épuisent et minent peu-à-peu son reste de force et de ressource (4)?

Plût à Dieu que je n'eusse jamais été témoin de ces derniers malheurs! Mais enfin raisonnons. Que prétendez-vous par-là? Le roi ne devait pas les attirer en France; et c'est la seule chose...... Il le devait; et, lorsqu'il n'aurait pas voulu le faire, pouvait-il empêcher les puissances de vouloir que le pacte conventionnel se maintînt? Ce pacte avait été violé : c'était un outrage pour elles de penser qu'elles ne sauraient pas le faire respecter; l'intérêt et l'honneur voulaient donc qu'elles s'empressassent de le rétablir : les troupes ont de nouveau marché sur le territoire

---

(4) Quelques jours après avoir écrit ce morceau, les journaux ont annoncé l'accord fait entre le roi et les monarques alliés, sur ce que le public ne serait plus obligé de rien fournir à leurs troupes. Cette raison n'existe donc plus; mais comme on pourrait alléguer les sommes qui sont imposées à la France, voici pourquoi nous croyons devoir laisser ce passage.

français, et sans doute qu'en voilà l'unique motif.

Du reste, de quoi pouvons-nous nous plaindre ? Comme le roi nous ne devons voir dans les alliés que des amis. Les besoins des troupes épuisent sans doute la France, coopèrent à l'affaiblir; mais ces maux ne doivent-ils pas se supporter en faveur de la longue paix qui nous est assurée ? Souffrons ce malheur pour n'avoir pas à nous en attirer de plus grands. Disons-le franchement, de quel côté qu'eussent tourné les choses, nos maux ne pouvaient pas être moindres; ils auraient été toujours plus prolongés, hé, n'en serait-ce pas assez pour accroître nos calamités au lieu de les diminuer!

Que ne dit pas ce vers de la Henriade, mis sur le piédestal qui soutient la statue de Henri IV, sur le Pont-Neuf :

Tout périssait enfin lorsque Bourbon parut !

Ceux qui, les premiers, eurent la pensée de le faire graver, devaient bien connaître le véritable état de notre pauvre pays. Jamais vers ne put mieux s'appliquer à la situation où allait se trouver notre patrie.

Nous devons sans doute avoir la meilleure opinion de la générosité des souverains ; mais il ne faut pas le dissimuler, sans la famille des Bourbons, sans le roi, qui est accouru à son secours, la France aurait peut-être déjà vu son beau territoire divisé en autant de parts que de puissances nous avons maintenant pour alliées et pour amies. Combien de maux ne devaient pas peser sur nous! Que seraient devenues notre gloire, notre tranquillité ? Nous devons voir le roi comme le véritable sauveur de la France, et comme l'unique remède propre à pouvoir soulager nos maux.

Hélas ! vous respirez après le re-

pos; la liberté, et vous ne pouvez
concilier vos desirs : vous sortez à
peine de l'esclavage, par un effet
tout particulier de la providence divine, et cependant vous méconnaissez
ses bontés. Si c'est la gloire de votre
pays qui agit sur vos cœurs, si c'est
l'intérêt que vous y portez, eh bien!
parce que le ciel nous met un moment à l'épreuve, devons-nous pour
cela nous oublier entièrement, nous
rendre indignes de notre gloire et ne
pas la soutenir ? Ne sommes-nous pas
encore Français ? Avons-nous perdu
quelque chose des heureux avantages
que nous départit la nature ? Plus
grande que la nation des Lycurgue,
aussi célèbre que celle des Israélites
et des Romains, la nôtre aurait-elle
la lâcheté de ne pas avoir autant de
courage que leurs peuples ? Serions-
nous moins capables de supporter les
diverses épreuves de la fortune ?
Nous avons un roi sage, un roi qui

réunit en lui les vertus, les qualités
et le savoir, des trois légilateurs de
ces immortelles nations : serions-nous
donc assez lâches, assez peu dignes
de notre origine, pour ne pas supporter un moment quelques souf-
frances? ces peines sont d'autant plus
supportables, qu'elles ne sont rien en
comparaison des motifs qui viennent
d'y donner lieu.

Français ! consolons-nous donc de
ces épreuves ; elles ne sont que la
moindre partie des malheurs qui nous
semblaient être réservés : montrons
cette noblesse de caractère, cette élé-
vation de sentimens, qui, nous éga-
lant aux peuples les plus célèbres
de l'antiquité, aux Perses, aux
Grecs, aux Romains, etc., n'ôtent
rien aux premiers avantages que nous
tenons de la nature.

Il nous faut là paix et la liberté :
qui peut mieux nous les assurer que
la sagesse du roi ? Nous avons en lui
Moïse, Lycurgue et Numa : comme

ces législateurs, l'amour seul de ses peuples et le bien-être de sa nation le faisant agir, nous ne devons plus craindre de perdre notre repos et notre liberté; la main du despote ne pesera plus sur nous. Laissons agir Louis XVIII; voici le moment où bientôt nous sentirons les heureux effets de ses moyens.

Si nous voulons remédier aux maux présens, rangeons-nous donc autour du roi; secondons ses efforts paternels; rendons-nous dignes de ses vertus, de son amour; donnons à sa belle ame les consolations dont elle a besoin, inspirons-lui pour nous la confiance que trop de légèreté peut-être eut droit de lui faire douter; montrons désormais que nous n'avons tous qu'un même sentiment, qu'un même zèle : à son exemple, soyons soumis aux devoirs de notre religion; ne voyons pas avec froideur la sublimité de la morale chrétienne : respectons, adorons la vérité des dogmes ; ils méritent d'autant plus nos hommages et notre admiration , que nous avons vu les effets triomphans de leur infaillibilité.

Par notre juste croyance, par notre sagesse, par notre amour à faire le bien , protéger et soulager l'infortune, forçons le ciel à répandre sur nous ses bienfaits, à nous attirer ses divines faveurs : rapprochons-nous de nos premiers pères; et, par la simplicité , par la pureté de nos mœurs, que le ciel ne puisse pas nous retirer les graces qu'il nous a faites, qu'au contraire il en répande sur nous de nouvelles. Alors nous allons voir bientôt notre empire florissant, nous allons voir la France revenir à sa première splendeur , rentrer dans les droits que le ciel lui donna dans son heureuse situation , redevenir une des premières contrées , et reprendre le rang qu'elle avait auprès des autres états.

A l'exception des gens intéressés,
y a-t-il des hommes honnêtes qui
n'aient gémi du nouveau retour de
l'ex-empereur dans la capitale? Quels
yeux hagards, quelle contenance
avaient alors tous les individus! Silen-
cieux, comme si leurs traits venaient
d'être altérés par une longue maladie,
ainsi dans toutes les ames délicates,
chez toutes les personnes bien nées se
peignaient la tristesse, la douleur et les
effets de ce trop funeste évènement.

Quelle différence de la seconde
rentrée du roi! Comme les cœurs
volaient à sa rencontre! Autant qu'on
avait montré d'affliction à son départ,
autant et peut-être plus encore (bien
que cela paraisse impossible) autant
la joie, l'alégresse générale se mon-
trèrent-elles sur tous les visages!

Voilà le *peuple* qui forme la majorité de la nation : ce n'est donc pas
pour Buonaparte qu'elle était. Ceux
qui se réjouirent de cette nouvelle

révolution, comment les désigner ?...
Le nombre en était petit, et, si la
classe la plus vile des ouvriers mon-
trait quelque joie ou faisait des ac-
clamations, n'était-ce pas parce qu'elle
était payée ? Dans les cris même
qu'elle faisait entendre, au prix du-
quel un cœur noble ne pouvait desirer de régner, n'apercevait-on pas
plutôt les effets de l'intérêt, que les
véritables sentimens? C'était de-là cependant qu'on voulait tirer le cri de
la nation ; ces troupes d'intéressés en
formaient, à leurs yeux, la majorité.

Buonaparte s'en aperçut ; il lui
suffit de quelques coups-d'œil pour
juger que les gens rangés, la totalité
du peuple même, excepté quelques
audacieux, sans principes, sans lois,
sans religion, n'étaient plus pour lui ;
il connut alors sans doute et malheu-
reusement trop tard, les progrès
qu'avait fait le gouvernement d'un
roi paternel; il s'aperçut de l'effet

de sa sagesse, de ses bontés; il vit qu'on avait enfin ouvert les yeux sur Louis-*le-Desiré*; il jugea que l'impression faite par son mérite ne s'effacerait plus des esprits; sa raison éteignit la soif qu'il avait de régner encore ; il connut alors fortement combien son erreur avait été grande, combien il s'était trompé ou peut-être une seconde fois, jusqu'où l'avait abusé ses fatals desirs d'ambition.

C'est dans ce moment sans doute aussi qu'il perdit tout espoir : c'est alors que, n'étant plus à lui, sa tête sembla détériorer; il gémit du nouveau sort auquel il venait de s'exposer. Dans sa profonde affliction, ne pouvant surmonter et cacher sa crainte, il perdit totalement l'espérance : ce ne fut pas le même homme, il se laissait bien donner le titre d'empereur, mais ce n'était plus pour se prévaloir de cet avantage; soumis, plus craintif qu'orgueilleux, il faisait ce qu'on voulait, il ne savait plus ordonner.

Il est à penser encore que ce fut en cette révolution de lui-même qu'il fit de tristes réflexions : il sembla lire dans sa destinée ; il vit bien que le château des Tuileries, où la sagesse et la vertu venaient de résider tout récemment sous le nom de roi, n'était plus un lieu propre à sa situation actuelle ; il craignit peut-être de nouveau d'irriter le ciel par trop de confiance en son espoir, et dès-lors il le quitta pour aller dans un lieu plus écarté : *l'Élisée-Bourbon*.

Que fit-il en sa nouvelle demeure ? Ses craintes furent les mêmes ; c'était avec raison qu'il n'espérait plus. Bien-tôt arriva le jour du mois de mai qui devait être si beau : un moment sans doute il fut bien aise ; mais combien ne se repentait-il pas de l'avoir annoncé, d'avoir convoqué des re-présentans : il fut donc contraint de s'y rendre ; puis, affectant une tranquillité de cœur qu'il ne pouvait avoir, il s'efforça de paraître content, n'ayant au fond qu'une trop faible et fallacieuse espérance : ainsi l'histrion joue souvent des rôles auxquels son cœur ne prend aucune part.

Sentant le peu de réflexions que lui laisseraient faire les puissances, il se détermina pourtant à tenter un dernier effort. Sans bannir une crainte, qu'il n'était plus maître de pouvoir empêcher, il montra plus de courage et d'espoir qu'il n'avait ; il partit, afin de se mettre à la tête de quelques *braves abusés*, mais à plaindre par leur aveuglement et leur incapacité, à regretter, sans doute aussi, puisque seuls ils furent victimes de leur valeur.

Plus retenu dans la sienne, moins libéral de sa vie, Buonaparte avait autre chose en tête que celle de vou-

loir la perdre. Les craintes de son
cœur étaient donc au bout de son
épée ; aussi le moindre choc les dé-
célèrent bientôt. Loin de seconder
les braves, de mourir en Épaminon-
das, pour celle qu'il disait sa chère
Mantinée, pour la nation (5), il s'en-
fuit comme un autre Darius devant
les armées d'Alexandre. Alors la dé-
route des siens fut générale, et l'épou-
vante des soldats et des *centurions* fut
égale à celle de leur premier chef.

Voilà France le grand amour que
t'accordait *ce fameux héros*. Oh ! j'a-
voue qu'ici, sans n'avoir jamais vu
cet homme que comme un membre
dangereux à ma patrie, il détruisit
alors le peu d'idées favorables que
j'avais conçues de lui. Dans l'état ac-
tuel des choses, connaissant la juste
indisposition des puissances pour lui,

_____

(5) Je ne cache pas cependant que *Mantinée*,
était le nom d'une ville de la Grèce.

la sagesse, les droits, les moyens de
Louis XVIII; ne pouvant se dissimuler la violation du *pacte* auquel il
avait consenti, sa fuite ne fut-elle
pas indigne ? Son reste d'héroïsme
anéanti ?...... Ne devait-il pas com-
battre à la tête de ses braves, et ,
cherchant une glorieuse mort, s'écrier
en voyant le fer suspendu sur sa
tête : « France, pardonne mes er-
« reurs; dès que la fortune me fut
« favorable j'aurais dû remettre ta
« couronne entre les mains de ses
« héritiers; je ne l'ai pu faire : par-
« donne à ma faiblesse, à mon am-
« bition. Français, volez à votre roi,
« rappelez Louis XVIII, et par votre
« dévouement , par votre fidélité,
« montrez-lui mon repentir : assurez-
« le de la vénération que je porte
« à ses vertus. Français, Louis XVIII
« peut vous rendre heureux, peut
« racheter votre gloire, vous assurer
« la paix; voyez en lui le meilleur

« des rois, il ne verra dans vous
« que des frères et des enfans ».

Croyant voir en lui un nouveau
Décius, un Philopémen, un voué à
la patrie, j'aurais facilement oublié
ses fautes pour reconnaître encore
le héros ; je l'aurais mis près des Régulus, et ce dernier acte de magnanimité aurait au moins encore abusé
ceux qui avaient conçu trop d'opinion
pour sa valeur.

Quel être assez ennemi de la patrie,
assez tyran de son pays, pourrait pré-
férer tout autre monarque au descen-
dant du bon Henri? Serait-on aveugle
jusqu'au point de ne pas voir ses vertus? serait-on inepte jusqu'à mécon-
naître ses qualités et son mérite? pour-
rait-on douter des moyens de son esprit, ne pas voir un digne roi dans
Louis-*le-Desiré*, et douterait-on qu'il
ne fût capable de procurer à la France
tous les avantages et tous les remèdes
que présenteront les circonstances?

Désabusons-nous là-dessus; soyons tranquilles, soumis, patiens; ayons sur-tout de la confiance. Oui, c'est être insensé, ennemi de l'ordre et de la justice, que de fermer les yeux sur tout ce que peut Louis-*le-Desiré*.

De son côté, cher Jules, le roi doit se méfier du trop de sensibilité de son cœur : Sa Majesté doit craindre les mouvemens qui la porteraient à pardonner trop facilement. Elle a sur ceci les exemples de son auguste frère: il faut espérer qu'elle ne les perdra jamais de vue, plutôt même à cause de la France, qu'en raison de ses intérêts personnels. Elle doit donc laisser agir tranquillement la justice, fermer les yeux sur bien des considérations, et se montrer ferme dans tous les temps. L'intérèt des bons Français, et celui de la patrie, le demandent. Les lois, la justice, le repos et le bonheur certain de la France, doivent marcher avant tout.

Ici, bon Jules, je t'apprenais la juste
indignation que m'avait donnée la conduite de la chambre, dans ses der-
nières séances, après la seconde abdi-
cation de l'ex-empereur. Mais un
journal de nos jours (6) vient déjà de
rendre public ce que je voulais en
dire. Il est donc inutile que je te rapporte mon jugement, auquel, du
reste, je n'attache aucune prévention.

Je le faisais pour en venir à notre
chambre des députés; tu sais que, par
l'ordre de notre bon roi, elle va de
nouveau se réorganiser. Je ne t'en
dirai rien non plus : il semble qu'on
ait lu dans mes idées. Permets cependant la citation de ces mots, que je

---

(6) *La Gazette de France* du 22 septembre 1815.
Je puis assurer que le même jour où Buonaparte abdiqua,
sur la question qu'on me fit dans plusieurs maisons,
je déclarai que le meilleur parti de la chambre serait
présentement, pour le bien-être et l'honneur de la
France, de faire ce que l'auteur de cet article paraît
desirer, c'est-à-dire, rappeler Louis-*le-Desiré*.

trouve dans l'article estimable d'un autre journal (7). Il me paraît aussi sagement écrit que bien pensé. L'auteur, qui ne se signe que par les initiales A. D., en a fait plusieurs autres, desquels on doit être aussi fort content.

« C'est à l'assemblée constituante, dit-il, que nous devons nos principes de liberté civile, politique et religieuse. Cependant la composition de cette assemblée y avait introduit des germes de divisions et de guerres intestines, qui devaient se développer. Toute puissance divisée est peu durable, et ne fait rien d'utile. Les passions sont substituées à la raison et à la sagesse, la voix de la vérité est étouffée. L'œuvre la plus importante, qui ne pouvait être faite avec succès que dans le calme, a été entreprise et

---

(7) L'Aristarque Français du 17.

continuée au milieu des cris de la fureur et des luttes des factions.

Espérons que la nouvelle chambre des députés n'admettra, dans son sein, aucun germe de division; qu'elle repoussera fortement les propositions inconsidérées et dangereuses, que le zèle exagéré de quelques-uns de ses membres pourrait laisser échapper, et dont l'assemblée entière deviendrait responsable envers la nation; qu'enfin *le roi et la charte*, ces deux points d'union et de ralliement, serviront de préservatifs contre les imprudences et les dissentions. C'est l'union seule qui reste aux Français, comme moyen de conservation et de salut ».

Tu dus voir, cher Jules, dans les premiers écrits que je t'adressai, les vœux que je formai en faveur de ma patrie et de l'univers entier. L'amour de l'humanité, le desir de voir les hommes véritablement heureux, ne

4

devraient-ils pas me faire revenir sur
ce passage de mon *colonel espagnol,*
par lequel je t'exprimais si rapidement
les souhaits de mon cœur (8)?

Sans doute, comme il me le dit,
ce ne paraît au premier abord qu'illu-
sion : ce ne sera jamais. Mais il n'y a
pas impossibilité : toutes les fois
qu'une chose tend à la félicité générale, doit-on craindre de la mettre en
évidence? Une ame noble, grande,
dont les sentimens sont tous portés
au bien de l'humanité, qui ne voudrait
que la félicité de tout ce qui existe;
cette ame, dis-je, dût-elle paraître
ridicule aux yeux de quelques insensés, cette ame se montre toujours la
même, lorsqu'il s'agit des grands in-

---

(8) Voyez le troisième chapitre de la brochure in-
titulée : *Nouvelle Politique.* Les grands évènemens de
la France, etc. : *Sur ce qui serait le plus propre*
dans un bon prince, à faire le bonheur des peuples
et procurer l'unité de religion.

térêts de la société, du bonheur de tous les hommes.

Je rappellerai donc les sentimens du sage : « Que ce serait une belle « chose de voir l'univers chrétien! et « de le voir régi par des princes d'une « même religion ; qu'un même inté- « rêt, un même but, qui serait celui « de rendre la paix à tout l'univers, « unirait » ! Les monarques alliés, par leur intime union entre eux, par l'exemple de leur cordialité, montrent assez tout ce qu'ont de parfait, tout ce que peuvent des sentimens véritable- ment pieux. Comment se montre- raient-ils si justes, si magnanimes, si désintéressés, s'ils n'agissaient pas par l'impulsion de la vertu qui règne en eux? Alexandre, Frédéric-Guillaume, l'empereur d'Autriche et notre bon roi : ces monarques n'offrent-ils pas par l'intimité qu'ils mettent dans leurs conseils, par la sagesse qui règne dans leurs délibérations, cette image de la vraie fraternité? C'est d'elle que vient la félicité; d'où naît ensuite la même manière de voir: elle résulte encore des mêmes sentimens, de la même confiance qu'inspire la bonne religion chrétienne.

Je trouve, dans un autre article du même Mr A. D. (9) les mots suivans:

« Quelques journaux étrangers, dit-il, laissent entrevoir la probabilité que les puissances réunies en congrès formeront une *confédération europé-enne*. Il est peut-être permis d'y trouver l'espérance d'un avenir plus favorable à l'établissement d'une sage liberté, d'un heureux accord entre les monarques et les peuples, et d'une tranquillité durable ».

Qu'il serait à desirer, cher Jules, que cette association eût lieu!

Il fait d'abord connaître qu'un gouvernement républicain ne peut con-

(9) L'Aristarque du 22.

venir à un grand état. Il prouve ensuite, à l'exemple de Montesquieu, mais sans paraître le dire, qu'une république n'est pas du ressort de la France; les états d'une grande étendue ont donc besoin d'un gouvernement monarchique. Il se trouve ici sans doute en contrariété avec J.-J. Rousseau, sur l'*hérédité du trône* (10). Cependant, malgré tout le respect que j'ai pour l'auteur d'*Émile*, je préfère l'avis de M*r* A. D.: d'autant plus, qu'il donne aussi fort sagement la raison qui pourrait le faire dégénérer en despotisme.

Après avoir présenté avec beaucoup de justesse quelques autres raisons analogues à celles-ci, et quelques principes généraux, il rapporte *une partie des dispositions concernant la fédération germanique, qui est conçue dans ces termes:*

---

(10) Gouvernement de Pologne, ch. 8.

« Les états confédérés s'engagent aussi à ne se faire la guerre entre eux, sous aucun prétexte, et à ne point poursuivre leurs différends particuliers par la force des armes, mais à les soumettre à la diète. Celle-ci essaiera, moyennant une commission, la voie de la médiation et de l'arbitrage. Si elle ne réussit pas, et si une sentence juridique devient nécessaire, il sera mis fin à la discussion par un jugement (où les parties seront jugées par leurs pairs, les rois par les rois, les princes par les princes, etc.), et ce jugement demeurera sans appel.

Or, les grands souverains, membres de cette fédération germanique, sont: l'empereur d'Autriche, le roi de Prusse, le roi de la Grande-Bretagne, en sa qualité de roi du Hanovre, le roi de Danemarck et celui des Pays-Bas; le premier pour le duché de Holstein; le second, pour le grand-duché de Luxembourg. Si tous ces

souverains adoptent, de concert, les
mesures les plus propres à garantir la
tranquillité de leurs états respectifs,
et la liberté de leurs peuples, et à
prévenir les calamités de la guerre,
on sera forcé à prendre une certaine
confiance dans la droiture de leurs
intentions, dans la libéralité de leurs
vues, et dans leur projet d'améliorer
l'état politique de l'Europe, et de raf-
fermir l'édifice ébranlé de la civilisation.

Les mêmes principes servent de
bases à la constitution que S. M. le roi
de Prusse veut introduire dans tous
les pays qui composent la monarchie
prussienne, même dans ceux qui ne
font point partie de la confédération
germanique, comme le royaume de
Prusse proprement dit.

S. M. le roi des Pays-Bas les admet
également pour la constitution de la
Hollande et de la Belgique, qui se

trouvent aussi en-dehors de la confédération d'Allemagne.

Enfin, S. M. l'empereur d'Autriche
paraît disposée à les appliquer à ses
possessions en Italie, où elle a témoi-
gné l'intention de faire concourir les
députés des villes à la réforme de la
législation et à la surveillance de l'ad-
ministration publique.

S. M. le roi de Naples, de retour
dans ses états, a promis de concilier
l'exercice de sa puissance avec le
maintien des institutions nouvelles
en harmonie avec celles adoptées par
les autres pays de l'Europe.

Ces principes, qui ne sont qu'une
application bien entendue des maximes de l'évangile, de la religion et
de la morale, des lumières générale-
ment répandues, et des progrès de la
civilisation à la politique, et aux rap-
ports établis entre les gouvernemens
et les peuples, sont professés haute-

ment par S. M. l'empereur de Russie, qui a promis, en dernier lieu, de les consacrer, par les lois positives, dans le nouveau royaume de Pologne.

Les constitutions de la Suède et de la Norwège, et tous les discours du roi et du prince royal de Suède reconnaissent et proclament le même système politique, propre à garantir tous les droits et à protéger tous les intérêts sociaux.

Enfin, les mêmes principes forment la base de la charte constitutionnelle que la sagesse du monarque nous a donnée, et dont plusieurs articles, d'après son vœu, doivent être soumis à une discussion libre et publique dans les deux chambres, pour que nos institutions nationales répondent, de la manière la plus complète, à tous nos besoins.

Nous avons passé en revue les souverains les plus puissans, qui, par leur influence et par leur nombre,

dirigeront la marche et les actes de la
confédération européenne. Cette ligue
ne paraît donc devoir nullement me-
nacer la liberté et les droits des peuples, puisqu'elle est formée de rois et
de princes souverains, éclairés par
l'expérience, et animés d'un desir
commun, de rétablir la tranquillité
générale. Ils sont d'ailleurs pénétrés
de ces vérités: que pour prévenir les
abus du pouvoir monarchique et
ministériel, le mécontentement des
peuples, les révolutions qui en sont
la suite, il faut organiser par-tout une
représentation nationale, chargée de
voter les impôts, de surveiller, dans
chaque pays, les ministres rendus so-
lidairement responsables, d'éclairer
ainsi la religion du monarque sur les
veritables intérêts de ses sujets ; qu'il
faut également consacrer la *liberté de
la presse*, comme un moyen d'empêcher les désordres particuliers, qui
ébranlent toujours la sûreté publique;

d'opposer une barrière aux abus de pouvoir et aux vexations; d'offrir un asyle et un moyen de recours et de réclamations aux opprimés. Ces souverains reconnaissent la liberté des opinions religieuses, l'égalité des droits civils et politiques accordée aux individus professant différens cultes. Enfin, ils ont la généreuse pensée de former un tribunal européen, chargé d'examiner et de terminer, sans qu'il soit besoin d'employer la violence et la force des armes, les différends qui pourraient s'élever entre les membres de la grande confédération, afin de prévenir de nouvelles guerres, ou du moins de les rendre beaucoup plus rares, moins opiniàtres et moins sanglantes. L'excès des maux qu'ont répandus sur l'Europe le ravage de ses plus belles contrées, et la destruction des peuples, doit en amener le remède et le terme.

L'un des objets de la *fédération euro-*

péenne serait aussi de garantir l'exis-
tence politique et la constitution de
chaque peuple ; de protéger les opprimés contre les oppresseurs, de
quelques rangs qu'ils soient ; puisque
l'oppression d'une nation, en prépa-
rant des troubles et des révolutions,
nuit à la tranquillité générale, comme
la violation de la propriété ou de la
liberté d'un particulier, dans une société civilisée, blesse la société tout
entière, qui prend alors la défense de
l'individu offensé.

On peut donc se flatter que l'union
des souverains tournera au profit du
bonheur des peuples. La ligue européenne doit devenir la garantie du
respect des droits des individus et des
nations, d'une liberté sage, réglée sur
la constitution et les lois, et du repos
durable de cette partie du monde
trop long-temps agitée et dévastée.

Puissent les espérances, dit enfin
Mr S. A. D., que les amis de l'humanité

osent concevoir, et qui adoucissent
pour eux le tableau affligeant des malheurs de la France et de l'Europe,
être promptement réalisées! Le véritable intérêt des rois est de s'occuper,
avec une ferme volonté, de la prospérité des pays qui leur sont confiés.
Le retour aux principes de justice ,
de religion et de morale, peut seul
rendre à la politique un caractère
noble et vraiment utile , et donner
aux institutions sociales l'harmonie
et la stabilité qui leur manquent ».

Sages potentats! princes dont l'heureux accord des sentimens a déjà
mérité l'admiration d'une partie des
hommes, ne dédaignez pas tous les
conseils : sans doute la jeunesse est
plus susceptible de se tromper que
l'âge mûr ; elle doit craindre d'être
téméraire dans ses jugemens, ména-
ger ses avis; mais quelquefois aussi
le ciel ne la rendit pas si faible de
conception, si avare de ses dons ,

pour qu'elle n'ose se prononcer sur les choses qui méritent son admiration, et qui peuvent être de l'intérêt de tout homme ami de la patrie et de l'humanité.

Oui, vrais, dignes monarques ! voulez-vous mettre le comble à l'admiration qu'on vous porte, eh bien ! conservez toujours cette intimité de sentimens, ce même accord de principes, cette même sagesse dans les décisions de vos conseils ; que le désir d'agrandir vos états, qu'un morceau de terrain cédé plutôt à l'un qu'à l'autre, ne trouble point votre intelligence ; empêchez qu'il ne naisse jamais entre vous de dissentions ; qu'un vil intérêt, qu'un *rien* ne vous divisent en aucun temps ; soyez unis tant que le ciel voudra vous maintenir dans votre pouvoir ; oubliez les points d'honneur, cette différence des droits ; les meilleurs, les plus solides, c'est l'amour des peuples et leur félicité : personne ne pourra ôter de leur cœur l'impression que l'effet de vos vertus et de votre conduite pourrait y avoir plus ou moins faits.

C'est vous, oui, princes, c'est vous seuls qui pourriez amener le bonheur universel. Par la continuité de vos vertus vraiment chrétiennes, vous attireriez bientôt les regards des autres potentats de l'univers ; bientôt on voudrait connaître ce qui fait la solidité de vos principes : on verrait que l'union, la félicité de vos peuples naissent toutes du soin que vous portez à remplir les devoirs que vous impose la sainteté de la plus belle des religions. Jaloux alors de votre bonheur, de celui de vos peuples, surpris, confondus par l'admiration de vos grandes vertus, vous les verriez bientôt en étudier tous les principes; ils ne pourraient pas s'empêcher d'en admirer la doctrine, et leur plus grand empressement serait d'en suivre les dogmes : ils les établiraient dans leurs états ; puis, instruits de la sainteté, de la vérité de *notre culte*, la pratique en hâterait les progrès, et je doute si l'entière et véritable croyance en serait alors éloignée.

Princes, c'est peu de chose que d'être roi, maître du monde ; comme vos peuples vous n'êtes ici que sur un globe d'exil ; recherchez les *douceurs* d'être toujours unis ; n'oubliez pas que les soins, l'amour, la félicité de vos peuples sont vos premiers intérêts.

Enfin, si des sages de l'antiquité, si des législateurs-rois, si des Socrates, des Platons, des Solons, des Licurgues surent se sacrifier pour le bien de leur peuple et de l'humanité, pourquoi ne feriez-vous pas comme eux ? Et plus sûr d'une juste récompense de votre conduite, ne travailleriez-vous pas aux plaisirs d'aller recevoir un jour, aux pieds du Très-Haut, de l'Être des êtres, créateur des hommes, de tout ce que nous voyons et de tout ce qui existe, cette couronne de sainteté, cette couronne que le plus sage des rois, que Louis XVI reçut sans doute dès le premier moment où un fer criminel rompit le fil qui le retenait encore dans son voyage.

Que t'ai-je dit! cher Jules. Excuse à mon zèle, à l'amour que j'ai des hommes, si j'ose ainsi parler au pied des trônes. Ne me trompé-je pas pourtant : mes avis ne sont-ils pas déjà devancés? Oh! si les souverains n'avaient pas conçu ce que je propose, se conduiraient-ils avec tant de bonté, de sagesse, de magnanimité? Non, c'est impossible; et Alexandre, Frédéric-Guillaume, l'empereur d'Autriche, notre sage roi, ont déjà porté leurs vues de sagesse bien au-delà de mes faibles conceptions.

5

Excuse-moi donc pour eux : qu'ils pardonnent à mon incapacité d'oser leur dire ce qu'ils ont commencé, et cependant qu'ils me permettent encore de transcrire ici les vers suivans :

Non : la nuit de l'erreur ne peut être être éternelle.
Sois assuré que l'homme, ô sensible Élidor,
A son premier état doit s'élever encor.
Si le bien est du vrai toujours inséparable,
La perte de ce bien n'est point irréparable.
Un siècle de lumière un jour doit ramener
Ce siècle de bonheur qui semble s'éloigner.
Au milieu des besoins dont le cri t'importune,
Dont Ariman a fait la pomme d'infortune,
Vois du sein de la nuit, qui paraît s'épaissir,
Sortir le germe heureux d'un bonheur à venir.
Vois ces besoins, moteurs de l'active industrie,
Des humains éclairés embellissant la vie,
Les arracher un jour à l'assoupissement
Où les ensevelit le pouvoir d'Ariman.
Du jour des vérités je vois briller l'aurore ;
Et si de son midi ce jour est loin encore,
De l'auteur de vos maux, les barbares projets,
Ne pourront de ce jour suspendre les progrès.
Heureux sans doute alors autant qu'il le peut être,
L'homme aura mérité de m'avoir pour seul maître.
Trop superbe Ariman, oui, ton règne est passé ;
Je vois déjà, je vois ton trône renversé.

Tu portais jusqu'aux cieux ton orgueilleuse tête :
Tremble ; mon œil sur toi voit fondre la tempête.
Privé de ton pouvoir, banni de l'univers,
Ce bras vengeur te suit jusqu'au fond des enfers.
Tu tombes dévoré des souffres du tonnerre ;
Le mal s'anéantit, le ciel est sur la terre.

   Monarques, qui tenez dans vos puissantes mains
Les rênes de l'état et le sort des humains,
De votre autorité quelle sera la base ?
Complices d'Ariman ou les fils d'Oromaze,
Vous pouvez, ou chéris, ou craints dans votre cour,
Régner par la terreur, ou régner par l'amour.
Vous pouvez *(ce récit a dû vous en instruire)*
Par vos soins vigilans étendre en votre empire
Le jour des vérités ou celui de l'erreur,
Et suspendre ou hâter le siècle du bonheur.

        HELV., *poëme sur le Bonh.*, ch. IV.

ODE

Sur le retour de Louis-*le-Desiré* au trône de ses
ancêtres; et plus particulièrement sur la seconde
entrée de Madame, Duchesse d'Angoûlême, à
Paris, en 1815.

Muses, dans l'ardeur qui m'inspire,
Quittez le séjour radieux;
Venez aux accords de ma lyre
Mêler vos chants mélodieux.
Que les accens de Polymnie
Viennent échauffer mon génie:
Qu'ils se retrouvent dans ma voix!
Prenons les ailes de Pindare,
Et, sans craindre le sort d'Icare,
Célébrons la fille des rois.

Quelle douce et puissante ivresse
M'invite à chanter son retour!
Comment peindre mon alégresse?
Graces et Jeux, Plaisirs, Amours,
Volons vers la vierge modeste
Sur qui le Sort long-temps funeste
Voulut épuiser sa rigueur.
Qu'elle n'éprouve plus d'alarmes;
Qu'elle ne verse plus de larmes:
Assurons la paix à son cœur.

5.

De même qu'on voit une mère
Se lamenter loin de ses fils,
Et bannir sa douleur amère,
Si près d'elle ils sont réunis ;
Ainsi, patrie, auguste France,
Sèche tes pleurs : vois l'Espérance,
Elle est à côté de la Paix.
Elles suivent mon héroïne,
Dont les vertus et l'origine
Sont immortelles à jamais.

De cette femme sage, auguste,
Aimons à revoir le grand cœur.
Elle sera l'espoir du juste,
Et le vrai soutien du malheur.
Ses vertus chasseront l'Envie ;
La Discorde, notre ennemie,
Fera des efforts superflus.
Cruel Mars, détruis ton tonnerre.
La Sagesse vient sur la terre ;
Voici le règne des vertus.

Quel transport m'échauffe et m'enflamme !
Mes sens paraîtraient éblouis !...
Et du sein même de mon ame
Naissent des plaisirs inouïs !
Dieu ! quelle étoile dans sa route
Déjà de la céleste voûte
Me fait voir les cieux entr'ouverts !
Il en descend une assemblée ;
De joie et de bonheur comblée,
Elle vient pour rompre nos fers.

Une superbe symphonie
Forme des chants mélodieux :
Aux accords de cette harmonie
Les astres sont plus radieux.
Sur un char de nacre et d'ivoire,
Des coursiers, rayonnant de gloire,
Traînent un prince bienfaisant :
C'est la vertu, c'est la sagesse.
Montrons-lui par notre alégresse
Combien sur nous il fut puissant.

J'admire son noble visage :
Il me retrace un roi martyr...
De Bourbon c'est la sainte image :
Comme j'éprouve de plaisir !...
Oui, c'est Louis et sa famille,
Ils rendent le sceptre à leur fille :
Et cette vierge de candeur,
De nos premiers vœux l'interprète,
Vient de recevoir sur sa tête
Le signe de notre bonheur.

O bien suprême, inexprimable !
—France, bénis ce doux moment !
Cette faveur est ineffable ;
Quel glorieux pressentiment !
Oui, je sens qu'Apollon m'inspire
Et guide l'essor de ma lyre...
Bourbon lui parle, et de sa voix,
De son organe magnanime,
Sortent la volonté sublime
Et les ordres du roi des rois.

« O seul fruit vivant de ma flamme,

« Tendre reste de nos regrets !

« Tu peux, ô ma fille ! ô mon ame !

« Bannir la douleur des Français.

« Transmets à mon auguste frère

« Cette couronne, l'héritière

« Du sceptre et de notre pouvoir.

« Que la France rompe sa chaîne ;

« Elle doit surmonter la haine

« Qui voudrait lui ravir l'espoir.

« Mon successeur dans sa puissance

« Se vengera modérément.

« Perpétuons notre clémence ;

« Dieu prendra soin du châtiment.

« Ce roi des siens sera le père ;

« Son cœur bannira la misère

« Qui poursuivrait les malheureux.

« Il n'aimera que la justice ;

« Le malfaiteur et son complice

« Cesseront d'être dangereux ».

Alors Bourbon quitte sa fille,

L'embrasse, et regagne les cieux.

Pour elle, appui de sa famille,

Adorons - la dans ses aïeux.

Honneur à sa vertu modeste !

Son protecteur se manifeste.

Qui voudrait n'y pas voir sa main ?

Et, dans sa sublime sagesse,

Ne pas connaitre, à sa tendresse,

Qu'il est le père souverain ?

Les prés, les ruisseaux, les bocages,
Retrouvent l'ombre de nos bois ;
Pour les oiseaux plus de veuvages,
Ils ont tous recouvré leur voix.
Ils se réjouissent sans cesse,
Et l'on sent qu'à leur alégresse
Répondent même les coteaux.
Tout s'embellit, et la nature,
Près de la source qui murmure,
Oublie enfin gaîment ses maux.

Sion, ô ma belle patrie !
Réjouis-toi dans ta douleur.
La paix, les arts et l'industrie,
Tout va te rendre le bonheur.
Bénis le roi puissant et sage
Par qui tu sors de l'esclavage.
Immortalise le retour
D'une illustre et douce héroïne ;
Sa vertu nous la rend divine ;
Elle me veut que notre amour.

VERS

FAITS à l'improviste, sur le retour de LOUIS-*le-Desiré*,
le même jour de sa rentrée dans la capitale.

FRANCE, voici LOUIS, célèbre sa mémoire;
Que son nom paternel règne dans notre histoire.
Sans doute des exploits, de glorieux travaux,
A l'immortalité conduisent un héros.
Mais lorsqu'un conquérant ne cherche que la guerre,
Ne trouve de bonheur qu'en désolant la terre;
Lorsque sa tête, en proie à trop d'ambition,
N'assure de repos à nulle nation;
Quels ne sont pas alors les plaisirs, l'alégresse
D'un père, d'un ami, d'une vive jeunesse,
En voyant revenir, par les fils de leurs rois,
La confiance, la paix, l'équité dans les lois.
Oui, vainement l'on voit des ames mécontentes
Entre les deux partis rester comme flottantes :
D'où vient cette raison? D'un rien, d'un préjugé.
Notre honneur à leurs yeux n'est pas assez vengé.
Homme, depuis long-temps la voix de la patrie
Me tourmente sans cesse, et pour elle me crie :
« Honore ton pays, sa gloire, son honneur;
« Sers-le si tu le peux, veilles à son bonheur ».
Je dirai donc encor : Patrie, auguste France!
Du retour de ton roi bénis la Providence :
Reçois en le voyant paix et félicité.
Montre en le conservant moins de légèreté;
Et même désormais que, par ton caractère,
Sa puissance à jamais lui soit héréditaire.

Non France, l'allié, sur tes braves guerriers,
N'a rien pu, n'a rien fait pour flétrir tes lauriers.
Il sait jusqu'à quel point, toujours dans les combats,
Ils portent la valeur et bravent le trépas.
Il veut ton amitié, c'est tout ce qu'il souhaite;
Pourquoi lui disputer une telle conquête?
Cessons donc tout murmure, et dans ces vrais héros,
Jaloux de mettre fin à nos pleurs, à nos maux,
Loin de voir l'ennemi, ne voyons plus qu'un frère.
Ils lisaient dans nos vœux, ils nous rendent un père.
Plaisirs, gloire, triomphe au plus sage des rois!
AMOUR ET CONFIANCE : ayons ces mots pour lois,
Prenons-les, et bientôt nous verrons la patrie
Recouvrer cette paix honorable et chérie;
Cette paix que LOUIS pourra seul maintenir,
Ses vertus détournant tous les maux à venir.

VERS

FAITS à l'impromptu, le 25 août 1815, jour de la fête
de Sa Majesté LOUIS-*le-Desiré*.

DE LOUIS, de mon roi c'est aujourd'hui la fête;
Muse, que ferons-nous pour ce jour fortuné?...
Ce que font ses enfans : leur front est couronné
D'une gaîté céleste, et l'on croit sur leur tête,
  Près du ruban à la couleur de lis,
Voir folâtrer l'amour, les plaisirs et les ris.
Long-temps pour ce bon roi mes yeux dans un parterre
            Ont erré sur des fleurs.

J'en ai cueilli de toutes les couleurs :
Les Nymphes et les Jeux, la reine de Cythère,
M'ont aidé de leurs soins : mais, efforts superflus,
Pas une de ces fleurs n'a montré des vertus
A pouvoir comparer à celles du *roi sage.*

      De quoi donc lui faire hommage?...
Devons-nous lui porter notre or et nos saphirs?...
Soutien du malheureux, ce n'est pas ses desirs,
Ce n'est pas ce que veut son ame paternelle.
Offrons-lui notre amour, montrons-lui notre zèle;
Et pour bouquet, je crois que le meilleur
Est de lui dévouer franchement notre cœur.

FIN.

IMPRIMERIE DE CHAIGNIEAU JEUNE,
rue Saint-André-des-Arcs, n° 42.